눈송이에 방을 들였다

파란시선 0026 눈송이에 방을 들였다

1판 1쇄 펴낸날 2018년 8월 20일
지은이 한영수
디자인 최선영
인쇄인 (주)두경 정지오
펴낸이 채상우
펴낸곳 (주)함께하는출판그룹파란
등록번호 제2015-000068호
등록일자 2015년 9월 15일
주소 (07552) 서울특별시 강서구 공항대로 59길 80-12(등촌동), K&C빌딩 3층
전화 02-3665-8689
팩스 02-3665-8690
모바일팩스 0504-441-3439
이메일 bookparan2015@hanmail.net

ⓒ한영수, 2018, printed in Seoul, Korea

ISBN 979-11-87756-23-1 04810
　　　979-11-956331-0-4 04810 (세트)

값 10,000원

눈송이에 방을 들였다

한영수 시집

누군가 웃어 정오였다
소소했으므로 계속 기억했다
기억 하나하나가 눈송이에 방을 들였다
칠월에 폭설이었다

차례

제2부

제1부

숨은 신

흰 낙타는 속눈썹도 흰색이었다 원 달라, 원 달라, 쉰 목
소리에 고삐가 묶여 있었다 바람이 올 때마다 사막의 마른
빵 냄새를 풍겼다 바싹 마른 다리는 기다리고 있었다 견디
고 있었다 앞무릎을 꿇고 언제라도 뒷무릎마저 굽힐 자세
였다 아무도 돌아보지 않았다 사람이 한 번 앉아 보고 내
리는 낙타의 잔등은 비어서 외따로 높았다 한 무리 관광
객이 빠져나갔다 살구꽃이 풀리고 있었다 하얗게 어둑발
이 내렸다 저녁기도 시간이 왔다 무엇일까요, 무엇일까요,
집게손가락을 제 귓구멍에 넣고 묻고 있었다 마지막 장이
찢어진 경전처럼 먼 곳에서 먼 곳으로 목소리가 울렸다 느
리고 마침내 조용했다 낙타의 눈동자에 물기가 돌았다 흰
빛이 된 말이 길고 가는 속눈썹에 내려앉았다

어둠상자

조용을 다해 흔들어 본다
모서리에 귀를 대 본다

어둠은 이미
무엇이고

이마 위에 얹혀 있다

돌아눕다가
하품을 하다가, 와락
기침이 터져 나올 때도

만지작거린다

몇 개의 명사와 형용사, 동사가 지나간다
사실은, 지나가게 둔다

어둠의 눈동자에 머물러 있다

안에 안이 있다

안의 안이 또 있는

옆얼굴이 셋
목소리도 일곱 꿈틀거린다

분수

너를 바라볼 수 있게 가슴을 두고
꽃이 열리듯

발을 들어 올린다 허리 높이로
어깨 높이로 머리 위로
너를 부르는
최초의 높이로

조금만, 조금만 더 가까이
네가 있는 쪽으로

정점을 향해 가던 분수는 순간,
정지한다 온몸을 움직여

저를 저버린다

가지 않는 것 또한
가고 있는 것

비는 모를 거다

내리기만 하지
빗방울은 모를 거다
꼭 쥔 주먹은 매달릴 줄만 알지

그 하루 눈을 뜨고
솟구치며 쏟아져 내리는
눈물

완성하기 위해서
있어야 하는 중간

저를 독재하는 짐승의 포효
은하를 그린다
제때에 얼굴을 돌리는 것
분수는 아는 거다

한계령

밤과 낮 사이에서 새가 울었다

안개가 걷히고 옹기 사요, 작고 낡은 바퀴가 돌아나갔다
그리고 아무도 들고 나지 않았다

볕은 좋았다 두어 평 텃밭에서 고추가 붉어 갔다 끝물
토마토가 제 빛에 취해 떨어졌다

들꽃 몇 가지를 물병에 꽂았다
용담초의 보라와 조뱅이의 보라는 어떻게 다른가
당신이 슬플 때 나는 사랑한다
나를 두고 가지 말아요
꽃말 사이로
저녁이 차올랐다

페가수스가 사각형의 지붕을 만들었다
안드로메다, 페르세우스, 카시오페이아, 케페우스, 별
들 사이에서 별 가족의 이름은 어렵고 손바닥에 써 보았
다 여러 번 고쳐 썼다

가을밤에는 별들도 가족을 이룬대.
목소리가 왔다 몇 겹의 어둠을 건너

조금 머물고 새가 그러하듯 보이지 않았다

●당신이 슬플 때 나는 사랑한다: 용담초의 꽃말.
●나를 두고 가지 말아요: 조뱅이의 꽃말.

방

눈송이에 방을 들였지
떠오르고
떠오르다 잠이 들었네
구석으로 구석을
업고 업힌 방

철없이 겨울이 내렸어
방은 어디에 있나

구름의 눈동자에 묻어난다
반달이 반을 읽고
새가 돌아본다
깊은 오후
깊은 숨이 숨는 방

수소폭탄 서른 개의 폭발 에너지를 가진 손이
하나로는 만들 수 없는 눈송이
눈송이에 방을 들였네
새끼손톱만 했네
주춧돌은 없었지

손톱으로 긁어 파낸 바닥은 있었지

일 년에 두 번 정도 울어도 좋은 방
바람은 계산하지 말자

손을 모았지
눈송이, 세계를 떠다닌다
봄 가지 어디에도 주저앉지 않고

늑대

늑대는 방금 양 한 마리를 먹어 치웠다 건기의 초원엔 양털이 힘없이 날린다 목부는 늑대 새끼를 잡아 온다 오줌보를 묶어 놓는다 새끼는 울부짖는다 밤새 울음소리에 주둥이를 댄 어미가 남은 새끼들을 데리고 사라진다

그리고 우기다 조용에 젖어 양 한 마리 절뚝거린다 양 두 마리 먹지 않는다 양 아홉 마리 울기를 그친다 늑대가 필요하다 늑대를 찾아나선다

목부는 하늘을 향해 입을 크게 벌려 본다 황니를 늑대의 송곳니같이 드러낸다 낯빛이 황갈색이다 늑대의 몸빛을 닮았다 검은색 띠를 늑대의 뱃구레 띠 모양으로 허리에 두르고 어깨에 총을 멘다 늑대처럼 두려워하고 늑대처럼 강한 시선이다

두 마리 늑대가 마주친다 돌덩이가 구른다 생활의 비탈은 선악의 건너편이다

타인의 삶

잠자리가 걸렸다 까맣게 숨어서 거미는 엿본다 엿듣는다 마침내 움켜쥔다 먹기 시작한다

큰지도 작은지도 모르고 멋대로 날아오른 아침을 나는 동안 버리고 싶었던 다리를 조일수록 버둥거리는 비명을 서로 다른 길이의 희망을 호흡한다 기쁨과 슬픔이 조화로운 오후 녹색과 갈색이 배열된 내장을 노래하고 춤추고 싶은 저녁을 계절을 나누지 않고 열 번을 탈피한 열 개의 환절을 칠 년의 기억을 파먹는다 늪과 모래와 이끼의 장소를 뱀과 개구리와 소금쟁이를 배반하고 어느 날의 고독을 단 한 번 바지랑대 끝을 맴돌던 사랑의 탄내까지 머리가슴으로 이해한다 배에 채운다 끝끝내 디룩거리는 눈동자, 자유를 향한 날개는 홑눈에 옮겨 담는다

돌아보면 잠자리가 날고 있다 샛바람을 업고 수레바퀴 모양의 거미줄을 탄다

굴뚝새

우리가 동의하는 높이
굴뚝 위에 새는 있다

아니오
아니오
최소한으로 운다
물 한 모금 세 걸음에
굴뚝 한 바퀴

검고 가는 발목이다
단독자의 맨발이다
벌써 굴뚝의 일부가 되어 있는 새
왜 정확하게 새가 아닌가

날개는 짧고
굴뚝은 계속된다
새 이야기를 이야기하다가
갇혔다
불뚝, 추운 높이
굴뚝 쪽으로 더 가 버린 새

아니오
아니오
굴뚝이 돈다
울울한 굴뚝을 돈다

마리오네트

이것은 밀물이다
이것은 썰물이다

나는 발목이 바쁜 시녀
지금 묻어오는 달빛을 허락한다

어깨가 당겨지면
손마디를 푼다
팔꿈치를 조금 늘어뜨리고
만나는 사람마다에게
절을 한다

개를 끌고 가다
목줄을 놓고
안쪽으로 돌아도
바깥으로 돌아도

공주는 공주
시녀는 시녀

달빛 계단에
무릎이 꺾인다
주저앉을 때마다
주저 없이 일으켜 세워진다

나를 가둔 이는 등 뒤에 서 있다
한 번도 사과한 적이 없는, 어쩌면
나를 닮은 모습으로 내가 만들어 놓은 신

정해진 줄 위에서 나는 나를 겪어 낸다

슬픔을 모시러 간다

야윈 강에서 물고기를 올리고 머리를 감고 혼자 이를
닦던 그도
　사원으로 갔다
　신이 되어서 꽃만 먹는다

　바람은 예사롭게 분다
　씻겨서 안 보이는 얼굴로

　슬픔을 모시러 간다

　말없이 정지한 말을 타고
　말꼬리에 파리 한 마리 얹어 타고

　배가 홀쭉한 말은 앞만 보고 걷는다 엉덩이를 실룩거리
며 뒷발질 한 번도 없이
　옆은 어떤 모양인가요?

　눈을 뜨고 보니 옆이 가려져 있었을 거다
　그랬을 거다 피가 새어 나왔는데 울지도 않았다

나는 나만 아는 생각에 앉아 파리는 파리만 아는 생각
에 앉아
　오늘은 계속될 것만 같고, 그러나
　아주 가지는 않으려고 꽃을 들고

　그래그래 졸면서 아니아니 깨면서
　말은 생각보다 높구나,
　무섭지 않으려고 잠깐 웃는다

　사원에서 나는 슬픔의 뿌리에 닿고
　슬픔의 열매가 궁금해지고

　그러므로 바람 속으로
　날아오른 파리처럼 말머리를 들이밀고

초침 소리

개미가 개미를 민다
개미가 개미를 끌어당긴다

줄을 지어 가고 있다 어딘가를 향하여
물러나고 있는 것 같다

열렬히 까맣다

딴생각하다가 다시 봐도 가고 있는 사하라의 화물열
차처럼
처음이 없다 끝은 또 어디에 닿았나

밑변에서
밑변으로
들숨과 날숨 사이
어둠 속으로

개미 떼가 수천의 다리가
수만의 가시털이

길을 가고 있다
한번 준 마음을 왕복하고 있다

백 년

조그맣게 앉았다 솟대 위
날개를 접은 새는

나, 여기 없다
백 년을 훔쳐본다

도망치기에도
머물기에도 좋은
문, 백 년

오늘은 외롭기로 한다
조그맣게 더
조그맣게

솟대 위
검객의 원에
발목을 묶은 새는

제2부

민어(民魚)

두 마리가 함께 다니지요. 늙은 어부는 대롱 끝에 귀를
대고 바다를 듣는다 반드시 하나가 더 온다는 거다 민어
가 민어를 낚는다는 거다 여리고 무른 것이 있다는 말이다

목선 바닥엔 주둥이를 꾹 닫은 민어가 가쁜 날숨을 삼
키고 있다 칠 년 정도 된 눈동자가 크고 맑다 울음소리를
꺼내지 않으려는, 서툴면서도 고통스런 몸짓의 무게까지
8.9kg이다

그때다 바다가 운다 부우—ㄱ, 부우—ㄱ, 파도가 온다
서로의 눈물을 훔쳐 주던 저녁이, 저층부에 지느러미를
펼치고 꽃섬이니 새섬이니 이름을 짚어 보던 아침이 밀
려온다

수평선에 칠월의 가장 붉은 해가 걸린다 소금밭엔 함박
눈이 쌓인 것 같다

라면

마침내 속도는 아무것도 아니라는 거다
고가 마트는 아침을 계속한다

가다 서다 오늘도 버스가 멈춘 고가
아래로
아래로
비 묻어오고

꽃이 지는 곳
빗물에 고여서
빛깔을 잃어 가는 저지대

봄이 지나고 여름이
셀 수 없는 봄이 또 가고 있는데
라면 자리엔 라면 묶음이
뻥튀기 자리엔 뻥튀기가

제자리를 고집하고 있다
유리문이 열리거나 말거나
빗물에 섞이면

눈물도 콧물도 흘러가 버리는 것

다만 허리가 아플 뿐
다리가 저려 올 뿐

젖어서 불어난 몸으로
슬쩍, 건드린다
자려고 누울 때 들리는
내 숨소리를 들려준다

껍질이 아니면

가던 길을 밀어 두고 그냥,
가을 빗소리나 닮아야지 이런 오후면
세상의 가장자리를 걷고 있다

이렇게 가도 좋으냐, 갸우뚱해질 때
둥글고 빈 통로를 기댄다
껍질만으로 서 있는 나무
하나의 중심을 버려서
광장을 넘나든다

나를 울리고 웃게 한 것은
눈동자 껍질의 소소한 떨림이었다
오래된 설렘이라 불렀으니
조금씩 껍질이 되는 것은 무방하지 않은가

껍질은 오목하고 볼록하다 여러 개의 중심이
만지고 싶은 온도를 가졌다
무덤에 갇힌 껍질이 천마와 함께
천 년 숨을 쉰다는 것
마지막 눈동자가 기어든다는 것

빗소리는 시들어 가는 이야기를 깨우고
63년 동안 저희 방아깐을 이용해 주셔서 감사합니다
김병태박순이올림.
셔터 껍질은 또 껍질이 아니면 알 수 없는
골목 얼굴들을 기억하고 있다

목련의 겨울

여기 닿았습니다 겨우 고요입니다

틀림없이 죽었습니다
변두리 꽃나무 무질서한 희망을 지나
그런데 왜 다시 살아
웅얼거림입니까

한 그릇 찬물이 하루치 식량입니다
모세혈관을 돌아 뜨거워진 물줄기가 심장에 고입니다
계속해서 고개를 숙이면
한 생각의 봉오리가 터져 나올 것 같은데

겨울입니다
오늘의 할 일은
무럭무럭 자라지 말 것
함부로 펄럭이지 않을 것

시작이라 읽는 가지의 끝입니다
위로도 아래 옆으로도
그 밖의 영역입니다

올 것이 마침내 오기까지
어둠은 몇 바퀴입니까
안 보이는 저기에
몇 그릇 찬밥이 또 있습니까

전문가

나는 아닙니다
오후 네 시의 목소리
신발 한 짝이 남았다
한번 잡으면 쉽게 놓을 수 없지
끌려가며 순간, 돌아보던
문 저쪽의 햇빛
한 장을 담고 있다
남은 말이 더 있다는 걸까
검은 허리를 비스듬히 세웠다
밟고 밟힌 얼룩이 덧난다
비틀리고 할퀸 자국이 짓무른다
오전 열 시가 어떻게 꽃밭이었는지
한낮의 열매는 어떤 색깔로 익어 갔는지
부풀리고 채색된 체험은
불러내지 말자
겨울 해는 짧다
가볍게 건드려도 무너질 것 같은
오후 네 시의 신발 한 짝이
생각해야 한다
건너뛰고 옮겨다 줄 그것

생각나지 않는 그것을 움켜쥐고 있다

소여도

날개가
날개를 따라갑니다

장맛비 쉬는 틈에
그 틈을 뚫고

망초밭 웃자란 폐허입니다
망초꽃 초조한 높이입니다

날개도 꽃잎도 하얗습니다
올라가면 올라갑니다
내려오면 내려옵니다
방향을 따져 묻지 않습니다

닿았다가 멀어지고
멀어져도 손가락 한 마디 정도

너 없이는 어떤 하늘도 열리지 않아

터지고 찢긴 날개를 모았습니다

애정하는 가정을 세웠습니다

몇 걸음 걸어오다
뒤돌아보면

보이면서 안 보이는 섬입니다
회색 바람이 간섭하는

치자

모란이었으면, 이름이 장미였으면 좀 나았을까
펄럭이는 빨간빛 노란빛 옆에 네 자리도 있었겠다

치자, 막다른 골목에 부딪히는 소리
봉고 몰다 한 80m 끌려가서 의식 잃고 두 달째 누워 있는
남자, 사라지는 기억을
수발드는 여자

문은 있는 거야,
들어온 그 문 밀어 나갈 수 있는 거야,
꽃을 연다
오색 연등이 불 밝히기 시작하는 절 마당
제단도 아래 구석에서
그러므로 저녁에서

목이 사십오 도 휘었다
너를 속여 너를 세운다

지독이 만든 향기
바람이 불면 파고든다 뒤로 길어진다

복숭아의 세계

엄마 아빠는 늙도록 싸웠다 복숭아 한 알 때문이다 세
개 주었다, 두 개 받았다, 복숭아만 아는 세계다 복숭아가
싫다 나 예쁘죠? 셀카를 찍어 남의 애인에게 들이대던 여
자도 복숭아꽃 목도리였다 정말 싫다 복숭아가 놓여 있었
을 뿐인데 나를 첫사랑이라 부른 아이는 입술 주위가 붉
음붉음 부풀어 올랐다

복숭아가 좋거나 좋지 않거나
칸을 나눈다 벽을 세운다 그랬는데 오늘은

원수와 원수가 손을 잡는다 칠십 년 오차 없이 꽝꽝한
벽을 넘어온다 넘어간다 겨우 오 센티 높이군요 기껏 한
걸음이군요 다시 넘어오는 장면이고

복숭아를 먹는다

짓무르며 비켜 가는 세계에서 천천히 벽은 위태롭다

앵두가 왔다

첫물 앵두 한 줌을 두 손으로 받은 스케치와 함께
우체국 소인이 찍힌

나의 앵두는 오래되었다
높아졌다 낮아졌다
열두 번의 소리 고비를 넘은
말 없는 그 말을
그냥 알아들었다

부처가 가섭에게 전한
빈자리가 많은
그 옛말로
알고 있는 빛깔을
처음 보는 빛깔로 바꾸어서

앵두를 부정하려 들지도 않고
앵두와 거래하려 들지도 않고
앵두가 되려 하지도 않고

나는 앵두를 말할 수 없다

그러나 앵두를 바라보는 눈동자와
그리는 손가락은 볼 수 있다

시간의 지층에 밟혀도
꺼지지 않는 색감

앵두가 왔다
에움길을 열고 사흘을 돌아
우체통으로

어떤 말은
혀끝에 올리면 부서져 버린다

부분일식

알파고와 잔을 나눈다
맑은 술 한 병을 열고
더덕에 고추장을 바른다

석쇠가 굽는 살짝의 힘
구멍 뚫린 힘
익은 것도 날것도 아닌
매운 것도 단것도 아닌
힘이 빠진 힘

알파고는 알까

쓰면서 부드러운
무르면서 찌르는
차갑고도 뜨거운 첫 잔
어둔 데서 익어 간 향기

바둑의 최고수를 읽을 수는 있지만
머리가 아홉 개 달린 뱀처럼
2초 만에 20만 권의 글자를 지울 수는 있지만

한 잔 소주가 흔드는 저녁
흙을 쥐고
실수하는 힘
실패하는 힘

죽어도 되는 것
하얗게 웃는 것
알까, 알파고는

오전 열 시의 달이 태양을 깨물 때
살짝 간지러운 태양의 기분
살짝 조용해진 새들의 감정

맹꽁이요

부채붓꽃 보라에
웃음을 산란한다

얼굴의 중앙에 코를 두고
콧잔등의 주름을 먹으며
웃음이 자란다

맹꽁이계 어수룩과
멸종 위기에 속한 너는
밤이면 더 자주
웃을 필요가 있어 맹꽁맹꽁

화가 나서
부끄러워서
아파서
턱 아래 울음주머니가 차올라
별을 볼 수 없어서

별을 만들어 붙인다
까짓, 깡통 치통 꼴통쯤이야

코로 웃는다

줄어들면서 멀리
별의 눈으로 너를 본다

검은 수련

수련이 피고 있었네
물속에서 물 밖으로
모네의 문이 열렸네

맨발로 다가갔네
다가갈수록 수련이 멀어졌네
색과 색이 엉기고 으깨진 물감 덩어리
덧칠한 붓 자국이었네

수련이 가까워질수록
향기가 날아갔네
한 공기 이슬이 흩어졌네
빛 앞에 서서 빛을 잃어 가던
흐린 눈동자가 보였네
붓을 쥐고 붓을 잃은
수련의 그림자였네
수련의 구름이었네

수련이 수련을 외면했네
눈앞에서 꽃을 잃었네

제3부

만질 수 없는 분홍

삭아 가는 무덤이다 삭을 수 없는 이력을 봄볕이 발굴
한다 순장된 기억 하나가 뿌리를 벋고 줄기를 세운 거다
　함부로 만질 수 없는 분홍이 온다

　흰빛에, 그러므로 검은빛에 숨기도 하는
　사라져서 분홍 살아나서 분홍

　한 걸음 들어서면 줄줄이 파란이다 밀쳐 내기에도 끌어
당기기에도 늦은 저녁이, 이길 수도 질 수도 없던 산동네
폭설이 배어난다
　걸어야 했던 길보다 걸을 수 없던 길이 코끝을 쏜다

　이장 공고는 해를 넘겼다 필연적인 몰락 위에 왜, 진달
래는 온다 경고문쯤이야 비스듬히 눕혀 두고 작란한다 짝
없는 분홍 신이
　춤을 추며 부활한다

　벗어날 수 없는 개발지 야산, 올해도 거침없이 봄볕을
끌어당긴다

대꽃 핀다

뜬눈만 튀어나왔다
어제와 내일이 꼬인 색실을 마주하고

몸통은 다 써 버렸다
나를 먹고 조금씩 자랐다

대꽃 핀다

칼날 위에 서 보자
초록빛 램프를 켜고 초록 지붕 위까지
손가락 말아 쥐던 날은
가 버린 것 같다

칼끝의 고립 편에서
고립 쪽으로 분명하게
위태로워도 즐거웠는데

풀리고 있다
풀리고 있다

햇빛 펄럭이는
봄날

기억이 빗금 친 뒷골목
곰팡내에 갇힐 것이다

어떤 이후도 훔쳐 낼 수 없는
초록의 배후는 습지였다

봄나무 위로 굴뚝

들립니까?
들립니까아?
들립니까아아아아아……

하얀 연기가
입김처럼 흐른다

그만 어두워지려 하는데

뚝방 길은 십 리 봄나무
공장동 어두운 사람들도 오늘은
꽃구경을 나왔다
고개를 들면 꽃가지 위로

굴뚝이

영원은 얼마나 높이 있을까요
괴로웠던 한 사람

백오십오 일째 굴뚝이다

아빠, 언제 와?
어디만큼 왔어?
눈물조차 아롱다롱 잇몸이 붉은

들립니다
들립니다아
들립니다아아아아아……

진다는 걸 알면서 꽃이 터진다

자유로

자유는 어떤 냄새일까,
달려 보고 싶었습니다
고향에는 못 가고
자유로에 갔어요

길을 따라 철조망이 빼곡했어요
초소 아래 강은 흘러 어디로 갈까,
초병은 결정적인 얼굴이었어요
장총이 노려본 건 무엇이었을까요

저기가 어디야?
최후의 벽을 뚫고
강을 건너 저 세상은……
북한이겠지.
아파트가 높네.
사람이 많이 살고 있나 봐.

오늘은 추석, 고향 찾아 북향인 사람들이
가다 서다 운구 행렬처럼
섰어요

김밥만 먹었어요
쇠 냄새가 났어요
피 냄새가 났어요
자, 자, 돌아가자.
방향을 바꿨어요
조금 더 갈 수 있는 정신이었는데

북한만 바라봤어요
장총이 가리켰어요
철조망이 끄덕였어요
강 건너 논밭 지나 알고 보면 김포
김포는 어떻게 증발했을까요

●피 냄새가 났어요: "어째서 자유에는 피 냄새가 섞여 있는가를"(김
  수영).

소녀와 노랑나비

아리랑
장독대
봉숭아

넙데기 할머니가 기억하는 모국어

열다섯이었다
비행장에서 일했다
헌병이 큰 칼 차고
끌어가기 전까진

착, 착, 착, 군화 소리
지금도 들려, 해방은
더 이상 일본 군인이 오지 않는 것

소녀가 앉아 운다
노랑나비 온다
날아가지 않는 나비
나비 나비……

나비를 나비라고 말할 줄도 모른다

오월의 뒷면

마음 하나가 다녀갔구나
뒷산 자락 약수터에 오늘은
쌀 한 봉투, 바나나, 캐러멜이 놓여 있다
어떤 간절함이 두 손을 모았을까
무엇을 고해바쳤을까

옛사람처럼
큰아이 면접은 아니었을 거다
둘째 아이 수능도 아니었을 거다
우리 남편 바람난 것 같다는
더욱 아니었을 거다

아무 때는 아니고
아무도 없는 꼭두새벽에
먼저 온 사람이 있으면
그의 기도가 끝날 때까지 기다렸다가

없는 사람이면
양초 한 자루만 밝힌

그런 시절도 아닌데
물이 있어 모여 와 도시의 비탈에
무덤을 만들고 살아온 산1길 사람들이
쉽게 치워 버리지 못한 것

가까이 흔한
교회도 성당도 절집도 아닌
여기 외따로 무릎을 꿇어야 했던
기도의 빛깔

층층나무 흰 꽃 옆자리에 소지가 묶여 있다
가슴에 한 시간이고 두 시간이고 대고 있어도 흰,
말이 되지 못한 기도가 있다 오월의 뒷면에는
말이 되지 않으려는 말이 있다

시민 K

유품이라고 했다

1985년 초판 분노의 포도
바이칼 자료집
전국 교통지도
그리고
팔리지 않은 작은 풍경이 한 상자

배낭은 반쯤 등허리를 세운 상태였다
어디로든 가야 했을 거다

야윈 연기만 오르다
제 숨에 엉겨
향불이 사위는 곳으로

풍경이 울었다 소리를
지워 가며 울었다

세밑이었다
시민장례식장

상주도 없었다

뒹구는 것들의 숨을 모아

철거를 기다리는 기억 위에
기억의 둘레만 한 함박눈인가

빈자리가 자리를 메워 온다
스스로 어두워지려 하는데

정오의 눈은 퍼붓는가
지붕 없는 기둥의 세모 잠에
비스듬한 대문의 무방비에
구겨진 빨랫줄의 실금 위에

매운 눈은 쏟아지는가
방향 잃은 운동화에
가다가 돌아보는 발자국에
너로부터 물러나 아득한 시간 위에

붉은 감이 하나 남아 떨고 있다
뒹구는 것들의 숨을 모아

늦었다 알아도

이미 늦었다
너무 늦었다

생활이 나를 발견하는가

기린이 아닙니다

무릎을 꿇었다

학교를 허락해 주세요
목이 짧아서 사라져야 했던 기린이 아닙니다
한 걸음 뗄 때마다 우주가 소란스러운 건
사실이지만
두 눈이 깜박거립니다
티브이 앞에서 웃기도 해요
우는 것은 웃는 것만큼 쉽지 않아서
석 달에 한 번쯤 울어요
그래서 엄마가
일 년 내내 울지만

쇼하지 마라
반대자들이 외칠 때
우리 동네는 안 돼
우연히 목이 길어 살아남은
기린 하나
기린 둘
등을 보일 때

엄마, 엄마들이
고개를 숙였다
여름이나 겨울 같은 것
살아 내는 외에 다른 수가 없을 때
그때, 저녁 7시 30분
퇴근 시간이 지났는데 아빠는,
그 많은 아빠의 무릎은
다 어디로 갔을까

타이항산(太行山)

　아침 해는 아름다웠어요 뜻 없이도 반가웠어요 전투가 없는 날은 나무를 태웠지요 숯불을 만들고 다림질을 했어요 나무바가지에 물을 떠다 놓고 한 모금 입에 물고 옷에 뿜고······ 하얀 김이 올랐어요 하늘이 열렸어요 최후의 나를 비춰 보며 그런 날은 골짜기 물에 머리도 감았어요 발가락의 때를 불리기도 했어요 새가 노래했어요 전장에 어울리지 않는 목소리였어요 그렇게 대바늘로 레이스도 떴어요 귀 싸개를 풀어 갈래머리 리본을 맸어요 단 하나의 방향으로 대추가 붉어 가는 팔월, 울울한 팔월이었어요 산나물을 뜯고 소금돌을 갈았어요 비빔밥도 만들었어요 장총과 장검 사이였어요 수류탄과 총알들 사이였어요 불땀을 조절해 가며 내일을 주름 잡았어요 다리미는 식었어요 팔월은 갔어요 다리미는 녹슬고 무쇠 덩어리만 남았어요 부르기 전에 사라진 이름 무덤마저 묻혔어요 사진 속 맨 뒷줄이에요 반쪽이 가려진 반쪽, 흰 이를 드러내고 반쯤 웃고 있는 여자, 보이나요?

다금바리

한 마리 잡아 올리면 표정이 풀린다 두 마리 끌어올리면 인생은 네 박자~ 십팔번 노래가 절로 나온다 어망을 푼 아내가 웃고 김 씨가 따라 웃는다 이만하면 일당은 했네, 라면에 식은밥을 말다가 작은 놈으로 우럭 정도야 회쳐 아내 입에도 넣어 주고 제 입에도 넣는

말하자면 다금바리는 천 번을 기운 그물코다 천 번의 바느질 자국이다 김 씨가 먹어 보지 못한 것, 바다에 미처 공부는 점점 싫어 바다에서 나이를 먹은 김 씨가 사십 년 배를 타면서도 그 속을 모르는 속, 어둡기 전에 거둬 올려야 하는 매일의 어망이다 조수 일을 대신하는 아내의 큰 손이다

정오의 휴식

게가 기어다닌다 쓱쓱 불량하게
꽃게 농게 벌떡게가 돌탑을 가지고 논다

게 눈 속에 석공이 있다
집게발을 세우고
정오의 질문을 들고 있다
죽은 자의 목소리가
산 자를 부르는 문득,
고요가 무서운
산정 묘지

불안은 언제나 제 것이어서
물을수록 수렁에 빠지는 물속 숨으로
뒤척이며 잉태한 외로움의 기름진 힘으로
석공은 비스듬히 도두새긴다

게 하나 또 하나
단단한 껍질을 여러 번 벗으면서 말랑말랑해지면서
여러 번 이마가 뜨겁고 위태롭고
유랑의 피가 줄지 않는

게 셋 여섯……
목숨 후의 목숨

써럭초를 쥔 손으로 쓱쓱
흩어지는 연기 따라 가볍게
탑을 받쳐 잘 안 보이는 곳에
산정 높이도 원래 바다 깊이라는 것
죽음은 죽었다고 말하는 시선이라는 것

희게 스스로 늙은 대웅전 옆구리 돌아 하늘가에는
다리 하나쯤이야 잘려 나가도 상관 안 하는
참게 털게 달랑게가 정오의 죽음을 휴식하고 있다

전쟁과 평화

당신은 평화론자군요
싸우지 맙시다.
싸우는 것이 일이군요
목청이 칼을 세우는군요
입술이 비틀리는군요
서슬 푸른 눈매를 좀 보아요
푸른 단검이 벌써
가슴을 차지했군요
평화를 위해
시들지 않는 빛
칼날을 가는 것이
아침이군요
저녁이군요
피해를 따지지 맙시다.
손을 잡는 손이 차갑군요
눈과 비가 저 혼자 내린다 하는군요
한쪽 젖은 발로 양쪽 젖은 발에게
나도 빠졌습니다, 외치는군요
오늘은 함께 드라마를 보면서
하나는 졸고 하나는 울었군요

제4부

동동

　팥은 단단하다 오래 삶아야 한다 얼마나 기다려야 하냐
고 당신은 묻는다 몇 번이나 말을 붙이는 거다 곁을 내 달
라는 것인데 나는 믹서를 꺼낸다 껍질째 갈아 죽물을 만
들려고 한다 당신은 손으로 주물러 가는 체에 받치자 한다
빚은 새알을 처음부터 넣자느니 끓은 후에 넣자느니 말이
부딪치며 살아난다 새알은 서정적이다 원을 그린다 원 속
에는 당신도 나도 다 들어 있다 나무 주걱으로 젓다 보면
새알이 동동 떠오르기까지 또 한참 걸린다 팥죽할머니를
데려오고 도깨비를 불러오고 말은 어디든 갈 수 있다 당
신은 팔 아프겠다 거들다가 된죽이 되었네 물을 더 넣자
한다 그만 넣자는 내가 그럼 반 컵만 넣을까? 투명한 컵
에는 인동덩굴이 벋어가고 조청을 풀어 단맛을 내고 싶어
진다 설탕이 낫지 않아? 그것보다 간을 맞춰야지 그렇지
음식은 땀과 눈물의 짠맛이야 오른손에서 왼손으로 주걱
을 옮기듯 이제 차마고도, 소금을 얻기 위한 말들의 행렬
이 이어진다 길은 외줄기 벼랑이다 동짓달 달빛이 푸르다
시시한 말을 섞어 가며 그때 우리는 가장 긴 밤을 나눠 가
진 걸까 기쁨과 슬픔의 눈꺼풀을 뜨고 새알이 떠오를 때

거울 속으로

박성호존나내꺼.
목마공원 여자 화장실
세면대 거울에 비친 한 문장

사랑해 킹왕짱.
유학 가서도 잊지 마.
사이를 비집고 눌러쓴
내꺼. 존나, 있는 힘을 쥐어짜 외친

그러니까 빨강
사루비아 맛

잔비가 내렸고, 그날은
좀 울려고 화장실로 뛰어들었을 터
오래 참은 오줌을 누고
쏟아지는 오줌발의 세기로

조사는, 술어는 필요 없어
띄어쓰기, 맞춤법 따위 돌아볼 틈도 없이
한 호흡에 모은 일곱 글자

사루비아 빨강

수도는 열린 채 졸졸거린다
거울 속으로 개울이 흐른다
꽃을 따서 먹었지 혀가 뜨거운 놀이
꽃을 던졌지 개울에 뜬 빛

좇아서 존나, 달린다
밤도 낮도 막을 수 없다
추위도 더위도 가둘 수 없는
벌거숭이 찬란

목 단추를 풀면 쏟아져 나온다

해석에 반대한다

거, 신문 넘기는 소리 좀 내지 마쇼
구석에서 돌 하나를 들었을 뿐인데

아침 도서관 늦이 깨어난다
소리가 들리기 시작한다

신문은 아랑곳없이
신문을 넘긴다
돌멩이가 쌍시옷으로 일어선다
출렁, 파문이 번진다

나는 한가운데
소리에 연루된 자

침을 삼키는 소리
연필이 사각거리는 소리
마우스가 기어가는 소리

줄인다 조인다 죽인다
나의 불온을 점검한다

공포는 공포를 낳고
공포에게 공포로
해석에 해석을 더한다

돌멩이는 날지도 않았다

파랑과 파랑과

다친 말을 풀어 드로잉을 한다
울렁이는 파랑 위에
등을 곧추세운다
선 긋기에 집중한다

곧고 둥글게
둥글고 곧게
그것에서 자유롭게

하루는 짧다
매번 선의 길이가 모자란다

어긋나는 숨으로
두 귀를 지우고
입술을 지우고

막아서는 벽은 없다
올라가는 계단도
당겨야 할 아홉 개의 문도 없는
물의 안쪽은 미로

물에 잠겨 물을 덮고
파랑과 파랑과

그것이 나타날 때까지
그것이 지워질 때까지

수면이 비춘 것은 검은 물고기다
꼬리지느러미가 찢긴

국수의 속도

아버지 몸에선 바람 소리가 났다
저곳으로 저곳으로 떠다녔다
생활의 등짐 속엔 노래도 한 말
아침저녁 빈자리에 유행가가 흘렀다

명절 전야엔 가족이 모였다
아버지는 지난해 노래를 또 불렀다
'대전발영시오십분~'

국수 가락이었다
대전역이나 이리역 플랫폼에서 멸치육수에 말아 낸
대파 몇 낱이 고명의 전부인
흐물거리며 목을 넘어가는
넘기자마자 배가 차오르는
국수보다 육수가 많은 가락국수

기차는 경적을 울리고
벌써 저만큼 움직이기 시작하고
차장은 호각을 분다
보지 않아도 안다 영화에서 봤다

그런데 '발영시오십분'은 무엇인가

국물에 힘없이 벗겨진 입천장이,
바람처럼 달려야 하는 야간열차가
'대전발 0시 50분'을
뛸 숨이 없었다는 것
국수의 속도전을

국수물이 끓어오르는 동안 나는 호흡해 보는 것이다

시래기 한 봉지

그러니까 후일담 같은

이것뿐이구나, 택시 타거라
넣어 주면 뿌리치고 뿌리치면 넣어 준
시래기 봉지 속 만 원 한 장의
무게, 눈물에 얼비쳐
둘도 되고
셋도 되는

꺼내서 펼치면
불고 불어난다
여러 날 찬물에 담근 겨울 나물이 그러하듯
큰 솥 가득 차고 넘치는

입도 늙는가 봐야.
맛을 잃어 가는 엄마의 식탁
미숫가루 한 통의 무게
곧 멈추리라는 것과
목숨이 그리 쉬운가,
까닭 없는 믿음의 무서운 무게

골목길엔 밤이 쌓인다
가로등은 안녕한 바람벽
엄마의 여든여섯 구비
바람 드는 소리

놓기만 하고 들어 올릴 수
없는 무게

반올림

깻잎은 얇은 몸을 포개고 있습니다
한 접시 위에서 젓가락 두 쌍이 섞입니다

눈이 내리고 있습니다

삼대를 잇는다고 주인이
옛날같이 탕 한 국자를 더 얹어 주고 돌아선

지붕 낮은 집
신을 벗고 들어가
밥을 먹는 골목 안 밥집
바람벽은 삼대를 잇는 가족사진입니다

무쇠솥은 끓고
눈은 내려 오래 함박눈 쏟아져

그가 일어섭니다 먼저 문지방을 내려섭니다
허리를 구부리고 무릎을 굽힙니다
다정도 없이 그저 신기 좋게
그녀의 구두를 돌려놓습니다

눈이 쌓이고 있습니다
오후의 골목이 반올림되었습니다

앞뒤를 분간할 수 없습니다
반올림 음계를 밟고
무엇을 하려는지도 잊어버립니다

흙 다시 만져 보자

뒤따라오던 딱따구리가 제 가슴을 쫀다
나는 저쪽으로 가요, 검은 돌에 입술을 부빈다
흙길 하나를 지워서

기꺼이 모자라고 모자람을 받아 주는 청미래 덩굴이 미
래를 닫는다
머리와 다리가 클 대로 크기 전 산죽이 누렇게 돌아눕
는다
여기서부터다 먼 곳을 응시하는
화살나무가 먼 곳을 잃어버린다

흙길 하나일 뿐인데
허락하지 않아도 존재하는 연두
풀잎의 초서체가 신비의 옷을 벗는다
산토끼는 산토끼 거꾸로 보아도 토끼
오리는 밝음 속으로 사라진다
떨어지는 잎조차 떨어지는 이유를 만드는
아침저녁 오솔길이 빠져나간다

부르는 소리가 되돌아온다

94

우리는 만나지 못한다
죽은 것과 산 것을 연결하는
우주의 거미줄이 걷힌다
시들지 않은 꽃잎에 나는 편입된다

●오리는 밝음 속으로 사라진다: 비트겐쉬타인. 토끼를 거꾸로 보면 오
리로 보인다.

소릉
—당시(唐詩) 읽는 시간

    이것처럼 저것도 취합니다 눈과 매화가 같은 색이듯 모나고 둥근 것이 가능합니다 가는귀먹은 귀입니다 두보의 젖은 발이 싸락눈 치는 강에 닿을 때

    아픈 것을 아파하는 귀입니다 백 가지 소리를 구분하고, 백 가지 소리를 버렸습니다

    오늘은 병원 가느라 점심을 놓쳤습니다 찹쌀떡 두 개와 생수를 꺼냅니다 떡 한입 떼다 말고 몸을 넘치는 기침, 가래 한입 뱉고 물 한 모금

    넘어가다 새로 쏟아지는 기침입니다 하늘이 노랗게 걸린 고개 마루입니다 돈 받고 팔린 똥을 구르마에 싣고 넘은, 사람이 죽어 또 그 구르마에 싣고 넘었다는 고개입니다

    나는 불우,라고 쓰고 가만히 소릉이라고 읽습니다 내 말이 안 닿는 두 귀입니다 이 시는 어떠냐, 어떠냐, 질문하고 질문할 뿐 대답을 기다리는 빈 숨은 아름답고

수업이 끝납니다 머리가 하얀 스승은 고맙다고 말합
니다

●눈과 매화가 같은 색이듯: 소릉 두보의 「강매(江梅)」 중 '설수원동색
  (雪樹元同色)'.

한강포차

은색 포크 두 개가 갈비뼈 사이 살을 바른다 양손을 움직여 점자를 읽어 가듯이 살점 하나하나를 이해하려는 듯이 접시 위에 치킨 뼈가 가지런히 쌓인다

긴 머리 여자는 자기만의 방을 짓고 허문다

마지막 손님도 가고 밤물결이 날을 세운다 낡은 배는 포차의 생활에 묶여 있고 작은 배로는 건널 수 없고

강은 흐른다 가야 할 곳으로
낮 동안 먹구름이 지나간 길이다 봄볕에 닿아 꽃이 온 길이다

한 아이

떨어진 살구는 살아 있다
누구의 것도 아닌 살구

몰아친 바람을 알 것도 같다
그때, 한 아이가 나뭇가지를 흔들었으므로

전날의 빛
울타리 안과 밖을 가른다

울타리를 넘을까
가던 길을 보내고 나는 어렵다

살구나 살구나무 같을 수는 없는
그러면서도 떨어지거나 떨어뜨릴 수밖에 없는
무언가를 가지고 있고

기다리는 거다
또 한 번 한 아이가 돌아오기를
살구나무를 흔들어 주기를

여행비둘기

먹이를 주지 맙시다.
공원에 현수막이 펄럭인다

끝에 서라는 말이다
나침반의 바늘처럼 끝이 가리키는 방향은 믿어도 좋다

유행하는 나뭇잎의
맥을 짚어 본다
길이 길로 이어진다

살찐 평화가 뒤뚱거린다
하나 없는 발가락이 소스라친다

이제 무엇을
비둘기라 할 것인가

생각은 바깥에서 온다
좌우의 날개짓이 들썩거린다

자유의 무게를 짊어지고

사라짐으로 완성되는 것이 있다

●3일 밤낮을 계속 날았던 여행비둘기는 1914년부터 보이지 않았다
고 한다.

밤새 자작나무를 탔다

시간은 있었다
바람이 구멍을 만드는 동안

바라보았다
뒤돌아보았다
손을 쥐었다
풀었다

말을 못 하는
시간은 있었다

너는 어디에나 있고

가슴이며 옆구리며 종아리로도
흰
나는 벙어리였다
백지 한 장이었다

지붕 위에 밤새
눈 내리는 소리였다

사랑과 신성(神聖)으로 번져 가는 '흰빛이 된 말'들
─한영수의 시 세계

유성호(문학평론가)

1.

서정시는 시간성에 대한 각별한 경험과 그에 대한 기억의 구성이라는 양식적 특성을 지닌다. 그만큼 기억의 흐릿하거나 선명한 양상을 온전하게 담아내는 서정시는 그 원리를 따라 삶의 원초적 경험에 대한 상상적 복원을 수행해 간다. 관조와 고백이라는 태도와 방법을 통해 이러한 기억의 원리를 실현해 가는 서정시는, 우리로 하여금 시인이 발견해 낸 따뜻하고도 깊은 삶의 이치를 새로운 밀도로 경험하게끔 해 준다. 물론 그 안에는 철저하게 개인적인 경험과 기억이 담길 때가 많지만, 그것을 공공의 기억으로 승화해 내려는 시인의 욕망이 동시에 포개져 있는 경우도 허다하다. 그리고 그 안에는 유한자(有限者)인 우리의 삶에 대한 불가피한 승인과 고백이 형상화되기도 한다. 한영수의 세 번째 시집 『눈송이에 방을 들였다』는 이러한 기억의 원리가 잘 구현된 미학적 소산으로서, 깊고 예리한 시선과 언어로 대상에 대한 관조와 성찰을 이어 간 시인 자신의 내밀한 고백록이기도 하다. 가령 시인은 "소소했으므로 계속 기억했다/기억 하나하나가 눈송이에 방을 들였다"(「시인의 말」)라고 말함으로써 자신의 시작(詩作) 과정이 결국 '기억의 현상학'에 크게 빚지고 있으며, 그 결실이 소소한 것들로부터 보편적인 것들에 이르기까지 선연하고도 빛나는 기억들을 갈무리한 세계임을 토로하고 있다. 이제 그 "기억 하나하나"를 들여다보도록 하자.

2.

내면이든 사물이든 한 편 한 편의 서정시에 담긴 대상들은 흘러가 버린 시간의 흔적을 은유하는 경우가 많다. 이는 한영수 시학의 퍽 중요한 거점으로서, 시간의 흐름을 따라 세계 내적 존재로서의 인간의 삶을 투시하고 발견하려는 욕망과 궁극적으로 연관되는 것이다. 여기서 우리가 말하는 '시간'이란 분절적인 물리적 시간이 아니라 삶에서 구체적으로 경험되고 인지되는 주관적인 심리적 시간을 뜻한다. 사실 서정시 안에 담기는 내면이나 사물은 시인의 시선에 의해 채택되고 배제되는 법인데, 엄밀한 의미에서 그 자체의 목소리를 작품 안에 재현할 방법은 없다. 하지만 내면이나 사물을 우의적(寓意的)으로 활용하려는 욕망을 덜어내면서, 낱낱이 존재해 온 오랜 시간을 통해 그것들의 음영(陰影)을 보여 주는 것이 전혀 불가능하지는 않을 것이다. 한영수의 내면이 담긴 다음 시편들은 그러한 음영으로 가득하다. 다음 시편을 먼저 읽어 보자.

눈송이에 방을 들였지
떠오르고
떠오르다 잠이 들었네
구석으로 구석을
업고 업힌 방

철없이 겨울이 내렸어
방은 어디에 있나

구름의 눈동자에 묻어난다
반달이 반을 읽고
새가 돌아본다
깊은 오후
깊은 숨이 숨는 방

수소폭탄 서른 개의 폭발 에너지를 가진 손이
하나로는 만들 수 없는 눈송이
눈송이에 방을 들였네
새끼손톱만 했네
주춧돌은 없었지
손톱으로 긁어 파낸 바닥은 있었지

일 년에 두 번 정도 울어도 좋은 방
바람은 계산하지 말자

손을 모았지
눈송이, 세계를 떠다닌다
봄 가지 어디에도 주저앉지 않고
　　　　　　　　　　　　　　　—「방」 전문

　시집의 표제가 들어 있는 이 아름다운 작품은, 시인의 내
면을 상징하는 '방'을 가장 깨끗한 흰빛의 '눈송이'에 들게
함으로써 시인 자신의 실존적 순수성을 지키려는 의지를
담아내고 있다. 대개 시적 이미지란 감각이나 지각의 경험
을 구체적으로 재생한 것을 뜻하는데, 한영수 시에는 이러
한 구체적 감각으로서의 이미지가 잘 살아 나온다. 특별히
시인은 선명한 감각적 이미지를 통해 자신의 내면을 환기
하고 은유하는 특징을 일관되게 보여 준다. 그래서 그가 쓰
는 이미지는 그야말로 마음속에 그려진 '심상(心像)'이 되고
있다. 시인이 눈송이에 들인 '방'은 "구석으로 구석을/업고
업힌" 외따롭고 후미진 공간 이미지를 띠고 있다. 하지만
그곳은 그 격절(隔絕)의 특성 때문에 역설적으로 "깊은 숨이
숨는 방"이 될 수 있었을 것이다. 아닌 게 아니라 '구름'과
'반달'과 '새'가 배경처럼 '방'을 감싸고 있는 어느 겨울날 오
후, 시인은 "수소폭탄 서른 개의 폭발 에너지를 가진 손"조
차 "하나로는 만들 수 없는 눈송이"에 자신의 '방'을 들였다.

새끼손톱만큼 작고 주춧돌도 없던 '방'을 말이다. 시인으로서는 그 눈송이가 세계를 떠다니다가 결국 "봄 가지 어디에도 주저앉지 않고" 스러져 가는 순간을, 가장 아름다운 내면의 '방'이 완성되는 순간으로 삼는 상상력을 보여 준 것이다. 그렇게 눈송이가 든 '방'은 시인에게는 "어둔 데서 익어 간 향기"(부분일식)가 천천히 번져 가는 마음이자 스스럼없이 사물과 시간을 고독하게 새길 수 있는 내면이기도 했을 것이다.

　　야윈 강에서 물고기를 올리고 머리를 감고 혼자 이를 닦던 그도
　　사원으로 갔다
　　신이 되어서 꽃만 먹는다

　　바람은 예사롭게 분다
　　씻겨서 안 보이는 얼굴로

　　슬픔을 모시러 간다

　　말없이 정지한 말을 타고
　　말꼬리에 파리 한 마리 얹어 타고

　　배가 홀쭉한 말은 앞만 보고 걷는다 엉덩이를 실룩거리며 뒷발질 한 번도 없이

옆은 어떤 모양인가요?

눈을 뜨고 보니 옆이 가려져 있었을 거다
그랬을 거다 피가 새어 나왔는데 울지도 않았다

나는 나만 아는 생각에 앉아 파리는 파리만 아는 생각에
앉아
오늘은 계속될 것만 같고, 그러나
아주 가지는 않으려고 꽃을 들고

그래그래 졸면서 아니아니 깨면서
말은 생각보다 높구나,
무섭지 않으려고 잠깐 웃는다

사원에서 나는 슬픔의 뿌리에 닿고
슬픔의 열매가 궁금해지고

그러므로 바람 속으로
날아오른 파리처럼 말머리를 들이밀고
　　　　　　　　　　　—「슬픔을 모시러 간다」 전문

　이 독특한 제목의 작품은, 앞에서 본 고독의 '방'과는 달
리, 슬픔의 '사원'을 노래한다. '사원'이라는 성스러운 공간
에 시인은 '슬픔'을 모시러 간다. '사원'은 야원 강에서 머리

를 감거나 이를 닦던 사람이 스스로 "신이 되어서 꽃만 먹는" 외진 공간이다. 그곳에서 부는 바람은 "씻겨서 안 보이는 얼굴"로 슬픔의 깊이를 보여 주고, 그 '슬픔'을 모시러 가는 시인은 "말없이 정지한 말"을 타고 때로는 졸면서 때로는 깨어서 "말은 생각보다 높구나"라는 자각에 가닿게 된다. 여기서 '말'이란 당연히 '말(馬)'이겠지만, 시인으로 하여금 "슬픔의 뿌리"에 이르게끔 해 주는 '말(言)'일지도 모른다. 그렇게 "슬픔의 열매"가 궁금하여 시인은 앞만 보고 걷는 말의 꼬리에 파리 한 마리가 앉은 것을 바라본다. 그 '말꼬리'를 지나 시인이 '말머리'를 들이밀고 슬픔을 모시러 갈때, 우리는 '말꼬리/말머리'의 비유 역시 말을 타고(乘) 가는 것이자 말을 타면서(奏) 슬픔을 완성해 가는 시인의 속성을 은유한 것이기도 하다는 점에 상도(想到)하게 된다. 그렇다면 '말'이란 '슬픔'을 완성하기 위해 "나를 닮은 모습으로 내가 만들어 놓은 신"(「마리오네트」)일지도 모른다. 그렇게 시인은 '슬픔'의 연금술사가 되어 "말이 되지 않으려는 말"(「오월의 뒷면」)을 가없는 슬픔의 아름다움과 견고하게 결속시켜 간다.

결국 한영수는 경험적 깊이와 내면적 진정성을 통해 자신만의 기억을 가능하게 한 고독과 슬픔을 노래하고 있다. 비록 폐허와도 같은 세상을 걸어가지만 거기에는 두려움을 넘어서는 역동성과 생동감이 함께 녹아 있다. 그것은 빠르거나 이르지 않고, 다만 느리거나 늦은 것이다. 이러한 것들과의 흔연한 경험적 동질성에서 발원하여, 시인은 한없이 멈칫대고 가지런하고 단순하고 안으로 침잠하는 방식을 택해 간다. 고독의 '방'과 슬픔의 '사원'이 바로 그러한 한영수 시가 씌어진 둘도 없는 실존적 거소(居所)였던 셈이다.

3.

한영수는 우리가 중요하게 생각하는 삶의 이법(理法) 가운데 가장 원초적인 것이 '사랑'이라고 믿는 시인이다. 이번 시집은 대상에 대한 주체의 동화(同化) 의지에서 발원하는 경우가 상당히 많이 눈에 띄는데, 대상과의 상상적 합일을 통한 동일성 원리에 의해 그의 시는 줄곧 씌어지고 있는 셈이다. 물론 이러한 원리가 시인 자신과 대상 사이의 원만하고 평화로운 합일만을 지향하는 것은 아니다. 대상의 부재와 결핍에도 불구하고 그는 그러한 상황에서 비롯하는 그리움의 정서를 통해 대상에 더욱 다가가려는 안간힘을 보여 주고 있을 뿐이다. 이처럼 부재하는 대상에 대한 열망에서 발원하는 실존적 비애를 담고 있는 그의 작품들은, 사랑하는 대상과의 결별 상황에서 시작하여 그럼에도 그 사랑이 변함없이 지속된다는 것을 노래해 간다. 나아가 존재론적 비애를 넘어서는 '사랑'의 시학이 어떻게 완성되어 가는지를 잘 보여 준다.

시간은 있었다
바람이 구멍을 만드는 동안

바라보았다
뒤돌아보았다
손을 쥐었다
풀었다

말을 못 하는
시간은 있었다

너는 어디에나 있고

가슴이며 옆구리며 종아리로도
흰
나는 벙어리였다
백지 한 장이었다

지붕 위에 밤새
눈 내리는 소리였다
                                —「밤새 자작나무를 탔다」 전문

　밤새도록 흰 '자작나무'를 탄다는 것은 무슨 함의일까?
그것은 '타는(乘)' 것이기도 하고 '타는(奏)' 것이기도 할 것
이다. 바람이 구멍을 만드는 동안 어떤 말도 하지 못하고
손을 쥐었다 풀었다를 반복하는 순간, 시인은 "너는 어디에
나 있고"라는 구절을 얻는다. 이 '너'의 편재성(遍在性)이야

말로 '너'의 부재를 넘어 "가슴이며 옆구리며 종아리로도/ 흰" 벙어리였던 '나'가 온밤을 다해 탔던 자작나무 곧 "백지 한 장"으로서의 "지붕 위에 밤새/눈 내리는 소리"가 만들어 낸 상상적 속성일 것이다. 이때 '자작나무/백지/눈' 등 흰 빛의 상관물들이 서로 계열체를 이루면서 시인이 지향하는 순백의 사랑에 확연한 물질성을 부여하게 된다. 일찍이 파 스(O. Paz)는 "일상적 개념에서 시간은 미래를 향하는 현재 이지만, 숙명적으로 지나간 날에 닻을 내리는 미래가 된다" (『활과 리라』)라고 말한 적이 있는데, 한영수는 밤새 눈 내리 는 소리를 들으면서, '너'를 향한 "시간은 있었다"라는 고백 의 반복을 통해 사랑의 불가항력과 불가피한 지속성을 노 래해 간다. 마치 "시간의 지층에 밟혀도/꺼지지 않는 색감" (『앵두가 왔다』)처럼, 그 '흰빛'은 한영수의 삶과 시에서 항구 적으로 떠나지 않을 것이다. 다음은 어떠한가.

너를 바라볼 수 있게 가슴을 두고
꽃이 열리듯

발을 들어 올린다 허리 높이로
어깨 높이로 머리 위로
너를 부르는
최초의 높이로

조금만, 조금만 더 가까이

네가 있는 쪽으로

정점을 향해 가던 분수는 순간,
정지한다 온몸을 움직여

저를 저버린다

가지 않는 것 또한
가고 있는 것

비는 모를 거다
내리기만 하지
빗방울은 모를 거다
꼭 쥔 주먹은 매달릴 줄만 알지

그 하루 눈을 뜨고
솟구치며 쏟아져 내리는
눈물

완성하기 위해서
있어야 하는 중간

저를 독재하는 짐승의 포효
은하를 그린다

제때에 얼굴을 돌리는 것

분수는 아는 거다

—「분수」 전문

　'분수(噴水)'의 외관과 생태를 원용하여 역시 사랑의 불멸
성을 노래한 작품이다. 분수는 꽃이 열리듯 "네가 있는 쪽
으로" 가까이 정점을 향해 솟구친다. 그것은 처음에는 "허
리 높이로/어깨 높이로 머리 위로" 키를 높여 가다가 끝끝
내 "너를 부르는/최초의 높이"를 유지해 간다. 말할 것도
없이 그 "최초의 높이"는 "너를 바라볼 수 있게" 해 주었던
높이였을 것이다. 그렇게 정점을 향해 가던 '분수'는 한순간
정지하면서 스스로를 지워 간다. 많은 존재자들이 사라짐
으로써 사랑의 영원성을 완성하듯, "가지 않는 것 또한/가
고 있는 것"임을 분수가 선명하게 보여 준 것이다. 그러니
내려 매달릴 줄만 아는 빗방울은 "그 하루 눈을 뜨고/솟구
치며 쏟아져 내리는" '분수'의 "눈물"을 모를 수밖에 없다.
그렇게 '분수'는 "완성하기 위해서/있어야 하는 중간"을 취
하면서 "제때에 얼굴을 돌리는" 순간을 스스로의 존재방식
으로 삼아 간다. 이때 '분수=눈물'의 등가적 형식 역시 사
랑의 순간을 지속하고 감내했던 시간에 확연한 구상(具象)
을 부여한 한영수 시법(詩法)의 한 극점이 아닐 수 없다. "너
없이는 어떤 하늘도 열리지 않아"(「소여도」) 온 시간을 시인
은 '자작나무/분수'의 이미지를 통해 때로는 '흰빛'으로, 때
로는 '포효'나 '눈물'로 노래하고 있는 것이다.

이처럼 한영수의 이번 시집은 '사랑'의 경험에 균형을 부여하고, 자신의 삶을 보다 높은 존재의 차원으로 끌어올리는 상상력에 의해 채워져 간다. 따뜻한 감동에 따른 순수한 사랑의 회복을 추구해 가는 그 섬광의 순간이, 서정시가 자신만의 존재론적 현현을 수행하는 '충만한 현재형'의 양식임을 잘 보여 준다. 이렇게 시인의 사랑은 때로 어둑하고, 때로 늦고, 때로 충만함을 증언하면서 스스로 솟구치고 스스로 지워져 간다. 매우 원초적인 그리움을 안고 있으면서 동시에 어떤 안간힘에 의해 지속되어 가는 속성을 지니는 이러한 마음은, 역설적으로 사랑을 새겨 가는 한영수만의 방식이 되고 있는 것이다. 말하자면 지난날의 사랑 못지않게 이제 그 사랑의 부재를 견뎌 가는 방법 자체가 사랑의 높은 지경(地境)을 가져다주는 셈이다. 이로써 우리는 시간의 표면을 뚫고 거기에 잠들어 있는 기억의 심층을 찾아내어 사랑의 지속성과 항구성을 노래하는 한영수 시편의 아름다움에 주목하게 되고, 아픈 이야기를 많이 담고 있으면서도 사랑의 품과 격을 잃지 않는 그의 근원적 아름다움에 깃들이게 된다.

4.

서정시는 다른 어떤 문학 양식보다도 효율적이고 생성적인 자기 성찰의 한 방식이 된다. 물론 이러한 성찰은 정직한 응시와 반추와 표현을 통해서만 가능하다. 그리고 성찰의 깊이와 표현의 진정성이 결합될 때 서정시를 읽는 이들의 공감은 비례적으로 커져 가게 마련이다. 이때 우리는 그러한 공감의 에너지가 시인 자신으로 하여금 본원적 경지를 향하게끔 하는 것을 자주 목격하게 되는데, 말하자면 시인의 성찰적 에너지가 자신의 존재론적 기원(origin)에 궁극적으로 가닿고 싶은 곳을 암시적으로 드러내게 되는 것이다. 이러한 과정에는 시인이 강렬하게 희원하는 어떤 간절함이 담겨 있게 된다. 물론 그 간절함이 대상의 현실적 회복을 뜻하는 것은 아니다. 다만 그것은 대상이 남긴 빛과 그늘을 동시에 투시하게끔 해 주는 기억의 힘이라 할 것이다. 이러한 속성을 남김없이 충족하고 있는 한영수의 시는, 언어 생성을 통해 새로운 존재 생성이 이루어지는 과정을 보여 주면서, 동시에 경험적 구체성을 통해 이제는 되돌릴 수 없는 시간을 그리움으로 호출하고 있다. 그래서 시인에게 기원을 향한 기억은 인간의 자기동일성에 지속적 영향을 끼치는 원초적인 힘으로 작용하면서, 순수 원형을 내장한 그 무엇으로 다가오고 있는 것이다.

아버지 몸에선 바람 소리가 났다
저곳으로 저곳으로 떠다녔다
생활의 등짐 속엔 노래도 한 말
아침저녁 빈자리에 유행가가 흘렀다

명절 전야엔 가족이 모였다
아버지는 지난해 노래를 또 불렀다

'대전발영시오십분~'

국수 가락이었다
대전역이나 이리역 플랫폼에서 멸치육수에 말아 낸
대파 몇 낱이 고명의 전부인
흐물거리며 목을 넘어가는
넘기자마자 배가 차오르는
국수보다 육수가 많은 가락국수

기차는 경적을 울리고
벌써 저만큼 움직이기 시작하고
차장은 호각을 분다
보지 않아도 안다 영화에서 봤다
그런데 '발영시오십분'은 무엇인가

국물에 힘없이 벗겨진 입천장이,
바람처럼 달려야 하는 야간열차가
'대전발 0시 50분'을
띌 숨이 없었다는 것
국수의 속도전을

국수물이 끓어오르는 동안 나는 호흡해 보는 것이다
                              ―「국수의 속도」 전문

시인은 '아버지'라는 존재의 기원에 아스라한 언어의 닻을 내린다. '아버지'에 대한 기억은 그 세목들이 아직도 감각의 피부에서 사라지지 않는다. '아버지' 몸에서 떠나지 않던 "바람 소리"는 "저곳으로 저곳으로" 떠다닌 그분의 삶을 집약한다. "생활의 등짐"에는 "노래도 한 말"이 얹혀 있었으니 아침저녁으로 흘렀을 유행가 한 소절도 "바람 소리"처럼 다가왔을 것이다. 그 노래 한 소절은 "대전발영시오십분~"이었는데, 그때 시인의 머릿속을 순간적으로 스쳐 간 것이 '국수'였다. 대전역이나 이리역 어디쯤에서 시간에 쫓겨 급히 먹던 "멸치육수에 말아 낸/대파 몇 낱이 고명의 전부"인, "흐물거리며 목을 넘어가는/넘기자마자 배가 차오르는/국수보다 육수가 많은 가락국수"는, '아버지'에 대한 기억을 더욱 선명하게 해 준다. 기차가 경적을 울리면서 움직이기 시작하면 국수를 먹던 이들은 "국물에 힘없이 벗겨진 입천장"과 함께 "바람처럼 달려야 하는 야간열차"에 몸을 실어야 했다. 그렇게 "국수의 속도전"을 생각하면서 '아버지'의 노래를 겹쳐 부르는 시인은 국수의 속도보다 한없이 느린 걸음으로 '아버지'를 향한 그리움을 향해 걸어가고 있다. 그 기억은 "떨어지거나 떨어뜨릴 수밖에 없는/무언가를 가지고"(「한 아이」) 시인의 생이 지속하는 곳까지 끝내 동행해 갈 것이다.

　　그러니까 후일담 같은

이것뿐이구나, 택시 타거라
넣어 주면 뿌리치고 뿌리치면 넣어 준
시래기 봉지 속 만 원 한 장의
무게, 눈물에 얼비쳐
둘도 되고
셋도 되는

꺼내서 펼치면
불고 불어난다
여러 날 찬물에 담근 겨울 나물이 그러하듯
큰 솥 가득 차고 넘치는

입도 늙는가 봐야.
맛을 잃어 가는 엄마의 식탁
미숫가루 한 통의 무게
곧 멈추리라는 것과
목숨이 그리 쉬운가,
까닭 없는 믿음의 무서운 무게

골목길엔 밤이 쌓인다
가로등은 안녕한 바람벽
엄마의 여든여섯 구비
바람 드는 소리

놓기만 하고 들어 올릴 수

없는 무게

　　　　　　　—「시래기 한 봉지」 전문

　이번에는 '어머니'다. 아니 '어머니'께서 후일담처럼 남
기신 "시래기 한 봉지"에 대한 기억이다. 더 정확하게는 택
시 타라고 넣어 주신 "시래기 봉지 속 만 원 한 장의/무게"
다. 시인은 그 순간이 아직도 "눈물에 얼비쳐" 드는 것을 느
낀다. 꺼내 펼치면 둘도 되고 셋으로도 불어나던 그 한 장
의 무게야말로 "큰 솥 가득 차고 넘치는" '어머니'의 사랑과
어느새 등가를 이룬다. 이제 서서히 맛을 잃어 가는 엄마의
식탁을 바라보면서 시인은 "미숫가루 한 통의 무게"마저 곧
멈출지 모르겠지만 "까닭 없는 믿음의 무서운 무게"로 아직
은 안녕한 채 바람이 드는 '어머니'의 "여든여섯 구비"를 떠
올린다. 그리고 "놓기만 하고 들어 올릴 수/없는" '어머니'
의 삶의 무게를 가늠한다. 작품 전체를 관통하는 '시래기/
겨울 나물/솥/미숫가루' 등의 소재적 구체성이 '어머니'의
생애를 비추는 동안, 시인은 그것들이 전해 준 '무게'를 한
결같이 떠올리면서 그 "무게를 짊어지고/사라짐으로 완성"
(「여행비둘기」)되어 간 '어머니'의 시간을 생각하고 있다.
　많은 이들이 우리 시대를 절멸과 폐허의 시대라고 일컫
지만, 우리는 아직도 서정시를 통해 그러한 세상을 역설적
으로 개진(開陳)하고 견뎌 간다. 하지만 그 개진이 때때로
역진(逆進)의 형식을 취한다는 점에서, 서정시는 '기원'으로

의 한없는 역류와 소급을 욕망하는 양식으로 몸을 바꾸어 간다. 누구라도 그러하듯이 '가족'이란, 자신을 있게 한 직접적인 존재의 근원이자 유년의 시공간을 제약했던 완강한 울타리가 아니었겠는가. 특별히 우리 역사에서 가족이란, 가난과 질병과 노동이라는 삶의 형식을 함께 견뎌 온 기억의 최소 단위일 것이다. 그렇게 가족은 많은 이들의 기억 속에서 선명하게 살아 움직이는 존재의 심층을 이룬다. 한영수의 상상력 역시 '아버지/어머니'의 삶과 그 흔적을 집중적으로 향하면서, 그분들의 생을 바라보는 시선을 지속적인 시작 원리로 삼아 간다. 그 점에서 한영수는 오랜 시간의 기억을 순간적 함축을 통해 재구성함으로써 이 절멸과 폐허의 시대를 견디게끔 해 주는 '언어의 사제(司祭)'라고 할 수 있을 것이다. 그 사제가 가장 먼저 기도를 드리는 대상은 그립고 그리운 '아버지'와 '어머니'였다. 왜 안 그렇겠는가.

5.

한영수 시학은 이렇게 차례차례 자신의 내면, 사랑의 대상, 존재론적 기원으로서의 부모님을 향한다. 그 '1인칭-2인칭-3인칭'으로 확산해 가던 동심원의 마지막에서 우리는 동시대의 타자를 향한 시인의 아득하고도 따뜻한 마음을 만난다. 물론 이렇게 가없는 원심을 그리면서 확장해 가는 한영수 시학은, 그 안에 서서히 커다란 타원형을 그리면서 자기 귀환의 구심으로 돌아오는 속성을 예비하곤 한다. 그

만큼 자신의 삶과 주변에 엄청난 무게로 주어졌던 고독과
슬픔의 흔적을 시로 거두어 내는 시인은 그 흔적이 자신의
실존적 이력과 겹쳐 있다는 점을 새삼스럽게 발견해 간다.
그것이 자신의 이야기든 이웃의 이야기든, 그는 거기에 강
렬한 애착을 가지고 이야기의 뿌리를 거두어들이고 있다.
자신이 힘겹게 통과해 온 시간을 은유적으로 복원하면서
그 안에서 환하게 자기 존재를 지켜 가는 이들의 위의(威儀)
를 견결하게 증언하고 있는 것이다.

아리랑
장독대
봉숭아

넙데기 할머니가 기억하는 모국어

열다섯이었다
비행장에서 일했다
헌병이 큰 칼 차고
끌어가기 전까진

착, 착, 착, 군화 소리
지금도 들려, 해방은
더 이상 일본 군인이 오지 않는 것

소녀가 앉아 운다
노랑나비 온다
날아가지 않는 나비
나비 나비……

나비를 나비라고 말할 줄도 모른다

　　　　　　　　　　—「소녀와 노랑나비」 전문

　'넙데기 할머니'가 지금도 기억하는 모국어는 "아리랑/
장독대/봉숭아"이다. 겨우 열다섯의 나이에 온몸으로 겪은
'비행장/헌병/큰 칼/군화 소리'의 연쇄적 악몽은 아직도 그
녀의 몸에서 떨어져 나가지 않았다. 그녀에게 해방이란 "더
이상 일본 군인이 오지 않는 것"이었을 터이다. 그 열다섯
소녀가 앉아서 하염없이 울 때 그 옆에 환각처럼 "날아가지
않는 나비"가 보이는데, 그 나비는 "나비를 나비라고 말할
줄도" 모르는 '소녀=할머니'를 어느새 빼닮았다. 이렇게 그
녀의 생애는 "어둠의 눈동자에 머물러" 있고(「어둠상자」), 그
녀 울음소리는 "순장된 기억 하나"를 끄집어내고 있다(「만질
수 없는 분홍」). 하지만 이제 그녀는 한없는 "평화를 위해/시
들지 않는 빛"으로 남아 있다(「전쟁과 평화」). 아픈 역사를 관
통하여 다다르는 어둑한 빛이 우리 머리 위로 한참 동안 쏟
아지고 있다.

　흰 낙타는 속눈썹도 흰색이었다 원 달라, 원 달라, 쉰 목

소리에 고삐가 묶여 있었다 바람이 올 때마다 사막의 마른 빵 냄새를 풍겼다 바싹 마른 다리는 기다리고 있었다 견디고 있었다 앞무릎을 꿇고 언제라도 뒷무릎마저 굽힐 자세였다 아무도 돌아보지 않았다 사람이 한 번 앉아 보고 내리는 낙타의 잔등은 비어서 외따로 높았다 한 무리 관광객이 빠져나갔다 살구꽃이 풀리고 있었다 하얗게 어둑발이 내렸다 저녁기도 시간이 왔다 무엇일까요, 무엇일까요, 집게손가락을 제 귓구멍에 넣고 묻고 있었다 마지막 장이 찢어진 경전처럼 먼 곳에서 먼 곳으로 목소리가 울렸다 느리고 마침내 조용했다 낙타의 눈동자에 물기가 돌았다 흰빛이 된 말이 길고 가는 속눈썹에 내려앉았다

—「숨은 신」 전문

이번에는 시인이 소망해 마지않는 '흰빛'의 궁극을 찾아 나선 작품이다. 사막의 남루와 숭엄(崇嚴), 불모와 풍요, 폐허와 신성(神聖)의 이미지를 모두 안고서 "흰 낙타"는 걸어 간다. 그 낙타는 속눈썹마저 흰색인 "흰 낙타"이다. "원 달라, 원 달라, 쉰 목소리"가 그곳 지역의 남루를 확연하게 보여 준다면, 낙타의 바싹 마른 다리와 거기 깃들인 기다림과 견딤과 비어 있음과 높음은, 마치 백석(白石)의 저 "가난하고 외롭고 높고 쓸쓸하니"(「흰 바람벽이 있어」)의 대상이 눈앞에 나타난 것처럼 보인다. 하얗게 어둑발이 내려 저녁기도 시간이 왔을 때, 흰 속눈썹의 낙타는 "마지막 장이 찢어진 경전처럼" 먼 곳에서 먼 곳으로 목소리를 울린다. 한없

이 느리고 고요한 낙타의 눈동자에 물기가 도는 순간이었다. 그리고 "흰빛이 된 말"이 낙타의 길고 가는 속눈썹에 내려앉는 순간은 숨어 있던 신(神)이 강림하는 순간이기도 했을 것이다. 비록 낙타의 걸음은 "단독자의 맨발"(「굴뚝새」)에 의한 것이었지만, 시인은 그 고단한 걸음을 "겨우 고요"(「목련의 겨울」)로 견뎌 가면서 "스스로 어두워지려 하는"(「뒹구는 것들의 숨을 모아」) 신성의 차원으로 끌어올렸다. 사랑의 마음을 타고 번져 가는 "흰빛이 된 말"들이 한영수 시학의 결정(結晶)으로 남은 것이다. 결국 '눈송이/자작나무/흰 낙타' 등의 흰빛 계열 이미지들은 이번 시집의 저류(底流)이자 주음(主音)으로 나타나면서 한영수 시학을 고독과 슬픔, 사랑과 신성을 잃지 않는 세계로 만들어 주고 있는 것이다.

무릇 모든 존재자는 세상에서 물질적 존재 형식을 일정 기간 취하다가 시간의 흐름을 따라 사라져 가게 마련이다. 생성과 성장과 소멸의 과정을 내남없이 거치기 때문이다. 소멸이란 그 자체로 비극적인 것이지만 누구에게나 편재적 가능성으로 주어진 것이다. 따라서 시인으로서는 그것을 심미적으로 완성해야 하는 실존적 책무를 부여받게 된다. 한영수는 이번 시집에서 생기 있는 것들의 생성적 움직임보다는 사라져 가는 것들의 애잔한 잔상(殘像)을 노래함으로써 이러한 직임에 충실하게 부응하고 있다. 하지만 그것은 구슬픈 만가(輓歌)가 아니라 심미적 리듬을 지닌 마음의 노래로 나타난다는 점에서 퍽 특징적이다. 이는 시인이 기본적으로는 슬픔의 감각을 가지고 있지만, 그것을 훌쩍 넘어 역설적 생성의 에너지를 삶의 소멸 형식에서 발견해 가고 있음을 알려 주는 핵심적인 표지(標識)라고 말할 수 있을 것이다.

6.

대체로 '빛'과 '어두움'은 서로의 반대편에서 자신들만의 선명한 존재 증명을 수행해 간다. 이들은 서로를 지우거나 약화시키는 속성을 가지고 있기 때문이다. 하지만 어쩌면 '빛'과 '어두움'은 함께 있어 서로의 존재를 각인하는 상보적 관계이기도 하다. 가령 매우 미약한 빛일지라도, 짙은 어두움이 그 가녀린 빛의 배경이 되어 준다면, 우리는 그 엷은 빛을 더욱 환하게 볼 수 있을 것이다. 그래서 어두움은 빛의 결여 형식이 아니라, 빛을 가능케 하는, 빛의 심부(深部)를 볼 수 있게 해 주는 더없이 순결한 배경이 된다. 물론 이는 '빛'과 '어두움'을 동시에 바라볼 줄 아는 시선을 가진 경우에만 한정되는 것일 터이다.

두루 강조되지만, 서정시는 시간성을 가장 큰 방법적 기제로 삼는 언어 양식이다. 이는 서정시가 시간성 자체에 대해 관심을 가지고 있는 것이기도 하지만, 시간성의 흐름 속에 놓인 사물의 존재 방식에 대한 경험과 기억을 집중적으로 표상한다는 것을 뜻하기도 한다. 한영수의 이번 시집은, 이러한 시간 예술로서의 서정시의 속성을 충실하게 예증하면서, 시간성의 여러 차원에 대한 소중한 반응을 간단없이 보여 주는 범례(範例)로 다가온다. 시인은 어둑한 사랑과 신성의 힘으로 번져 가는 "흰빛이 된 말"들의 세계를 통해 우리로 하여금 한없이 귀중한 정신적 차원을 경험하게끔 해준 것이다. 그것은 '빛'과 '어두움'을 동시에 바라볼 줄 아는 시인의 시선에 의해 가능한 것이었다. 이제 이러한 빛나는 성과를 딛고 넘어서면서 한영수는 다음 시집의 진경(進境)으로 더 힘 있게 나아갈 것이다. 그때 우리는 웅숭깊고 아름다운 시인의 자발적 고독과 슬픔을 승인하면서, 더욱 외롭고 높고 쓸쓸해진 시인의 '사랑'과 '신성'을 향한 눈길을 만나게 될 것이다.